JN212701

さようならと言わないで

目次

第一章　新宿の雪

1

〝さようならと言わないで〟。

そう囁き(ささや)ながら、降り出した雪が、ひらひらと……。

東京の街に、舞い落ち始めていて……。

丁度、その頃——。

N大学文学部国文学科の教授を務める島野俊雄(しまのとしお)と……、その恋人である原田浅海(はらだあさみ)は……。

JR新宿駅の、南改札口、出入口付近に居て……。

ずっと見ていると、より一層美しく舞う雪に……。

感激感嘆する様に。

「わぁー、綺麗な雪——。」

「そうだなぁー。本当に——。」

と、見惚(みと)れていて……。

2

然(しか)るに、その後(ご)はと言うと……。

「さぁー、これからどうしようか。」

と、どちらかともなく、口を開き……。

すると、雪の降り方が酷(ひど)くなって、ここが何処(どこ)だが、訳が分からなくなり……。

自然と、寒さ等で火照(ほて)り始めた、お互いの表情を見詰め合っていると……。

キスでもする、前触れの様に……。

シーンとした空気に包まれ……。

「永遠に、何処にも行かないで……。」と、お互い、呟きながら……。

暫くの間、沈黙の儘(まま)で、双方に顔を凝視し合っていたりした……。

3

そんな、ひと時……ひと時の間に——。

ふと突然に、我に返らされる様な、寒々とした風が、更に通り抜けて行く瞬間があって……。

二人は結局、まるで恵方寿司でも食べるかの様な格好で、現実に立ち返り……。

「じゃあー、どうせなら……。余り見れない〝雪〟だし、笹塚のマンションまで、歩いて行こうか……。」

と、お互いの意見が合ったのも、束の間の事――。

二人は、甲州街道を昔の旅でもするかの如く、八王子方面へと、身を寄せ合い、歩き出していて……。

その開いた傘の上には、スペルで……「好きだよ」と書いてある様な、純白色の雪が、空一面を、遮ったりしていた……。

4

それで……そんな感じで、時刻は単々と過ぎ去りに、過ぎ去って行き――。

結局二人は……。

笹塚までの道中で、余り故意に、喋らない状態になっていた……。

5

というのも、つまり……即ち、それについては……。

何故かと言うと……。

まず昨晩から、原田浅海のマンションの部屋で、お泊りした二人は……。

その朝―。

都営大江戸線に乗って、牛込神楽坂駅で降り……。

早稲田通りにあるマックで、お茶した後……。

昼食は、山吹町の個人レストランで済ませて……。

その後は――。

新目白通りを、高田馬場駅方面に歩いて行って……。

この指輪は、ここで買ったものなんだ……。」

と、島野俊雄は原田浅海に説明して……。

そんな風に、二人は、と或ジュエリーショップへと、仲良く入って行ったのであった……。

6

そんな訳だから、つまり……更に説明を付け加えて行くと……。

即ち、それは……。

それは……。

それら一連の事項の象徴でもある、その指輪の正体に至っては……。

即ち、十日後に訪れる、島野俊雄からの原田浅海に対する、二十一回目の誕生日プレゼントとしての、証（あかし）のものであって、つまり、それは……。

小さなダイヤモンドであったが、きらりと綺麗に輝き—。

とても、お洒落（しゃれ）な指輪であったのだった……。

7

しかしながら、ところがである——。

ところが、しかし、その一方では……。

その指輪は……魔性的な部分も、実は有るには、有って……即ち。

8

例えばそれは、原田浅海が、島野俊雄の妻である霞（かすみ）を、気遣（きづか）ったり……。

或いは又——。

嫌（いや）がったりする癖（くせ）を、何処かで直そうという意味もあって……。

他では又――。

島野俊雄は、原田浅海が二十歳そこそこなのに……。

自分の年齢が五十歳であると言う……。

謂わば、引け目的な意味も、微かな性分として、込められて、感じられたりもしていた。

9

そんな、所謂、戸惑いがちな二人であったが……。

その指輪は、早速と言って良い程、じりじりと、言葉に出来ない程に、幻惑的なものに、見えて来て……。

それでいて、何か言いたげな、微妙な関係性をも、深めさせ、印象付けさせ始めていた……。

10

つまりは、結局、そう言う事だから……。

そのダイヤが、一度キラリと、二人の枕元で光ったその夜に……つまり。

島野俊雄が、日曜日の夜も、原田浅海のマンションに泊まるのは、二人にとって、初めての事であったのだった……。

だったので、島野俊雄は、コンビニで新しいパンツも買い、靴下も買った……。

そして、シャワーも、たっぷりと浴びて……。

眠くなる程、逆に眼も擦(こす)っていた……。

11

そんな時――。

そんな時――。

「あなた。」

と、言う様な声がする……。

12

そうなのだ。

何処からともなく……。

光の様な声が訊(き)こえて来て……。

弱音（よわね）を吐く様な言い方でぽろり……。

「来週は来れないかも知れない……。」

と、言い掛けて……。

島野俊雄は、無言で帰った……。

第二章　渋谷の朝

1

渋谷駅の忠犬ハチ公の銅像の前に、鳩達が集まり、それをテレビ局のカメラマンが、撮影していて――。

然るにその後、何かの拍子に、物音がして……。

鳩達が飛び去り……。

今朝、そんな様子を、或テレビ局で、何気なくやっていた……。

それは、夢だったんだろうか……。

晴れ間の戻った、そんな月曜日の朝の事……。

2

京王線の、初台、幡ヶ谷と、停車して来た筈の電車に、笹塚から乗車し、更にその後、明大前にて下車すると、直ぐに、井の頭線に乗り換え、渋谷方面行きの電車に、島野俊雄は飛び乗ったのだった……。

するとそこは、薄日が電車内に木洩れていて、三駅すると、下北沢駅に着き、その駅とは、彼が自己所有する、自宅マンションの在る駅であった……。

だったので、彼はいつもの朝帰りの様に、そこで降りて、但し今日の予定はと言うと……。

十時迄に、大学の校内に入れば良くて、その反面、一旦家に帰っている暇はないからと、駅を出ず、そうこうする内に、小田急線に乗り換え、二十分程で、向ケ丘遊園駅に着いていた。

そうして、そこからは歩いても良いのだが、路線バスが出ていて……それに乗り、小高い丘の上に、N大のキャンパスは在るのであった……。

3

そんな感じで、大学に辿り着いた後の……。

それから、一日の仕事を終えた、数時間後の事——。

島野俊雄は、一応は、自宅マンションへと帰り——。

日常生活に、戻ろうとする頃には……。

このマンションを買って、十年程になるが、未だに新築物件同然の、仄かな匂いが残ってはいる玄関口で……。

「ただいま……帰ったよ……。」

と、実際言うと、その全体的な温もりの中から、彼の妻である霞が、その名の如く現れて……。

か細い声で。

「お帰り……。」

と、言ったんだろうと、思われた。

4

つまりは、結局、結局の所……。

愚痴にならない程度に、この辺の事を、説明しておくと。

この大体に於いて、いつも取り交わす、お出迎えの一時、ひとつを取ってみてさえも……。

夫の島野俊雄にすれば、妻の霞という女性は……。

全面的に覇気が無く、何事にも虚弱体質的な、いつもの感じは拭い去れないけれども……。

それでも、梅雨時期の晴れ間の様に、時々見せる、ピントはずれではなかって欲しい微笑みは、

優柔不断だとか、無愛想だとか、そうしたカテゴリーに属する言葉によって、なんとか、夫の島野

俊雄に、良い意味で希望的な慈しみを与え……。

(若しかしたら、いつの日か、僕の妻は、患っている精神の病気を克服して行くかも……。)

と、思わせてみたりするので……希望を捨て去る訳では、勿論なく……。

結局、島野俊雄にすれば、なるべくその日が、早く来ないかなと、成就する日を待ちつつも、今日は今日で、不意にふと、その妻の霞に……。

5

「ねぇー、霞さん……。あなたは少し、偶には、世間話の一つでも、してみたらどうなのかなぁ――。」

と……虫眼鏡でその辺りを探る様に、悪ふざけ気味に、そんな事を言ってみたのであった。

6

すると、妻の霞は、相変わらず、いつも通う病院への通院の事しか言わず……。

「あなた……。忙しいかも知れないけど……。今度の水曜日……。云々。」

としか、兎に角も、そう言う言い方しか、出来ないと言うか、しようとしないのだった……。

第三章　調布の声

1

その点に関しては、結局の所……随分懐かしい後日談的なものがあって……。

その妻の霞が、『躁鬱病』だと診断されたのは、彼女が三十歳の時だったから……。

大凡十五年近く、こんな夫婦生活をしていたのだと、島野俊雄も、呟く様に昔を振り返っていた。

2

そんな今の、今しがた……。

調布駅からタクシーに乗って来て、ちょっとその外れに在る、いつも通う、或病院の精神科の廊下の長椅子に座って、前に手の指を組み合わせて、島野俊雄は、妻の霞に付き添い、診察を待っていて……。

そうして、更には、暫くして、彼は独り言を言い始めて……つまり。

「僕と霞が結婚したのは、確か今から、二十年程前の事だったから……。歳に直すと、僕が三十歳で、霞が二十五歳の時だった……。それで又更に、その時に……、僕は助教授であって、結婚五年後に、僕は教授となり、一方で霞は、『躁鬱病』になったのだ……。そしてその後、その時に……。例えば彼女は、彼女のお父さんも大学教授で、自分も大学教授なのが詰まらぬと、まるで駄々っ子の様に言い出したのだった……。」

　だから結局……。

　それでと言う訳ではないけれど……。

「第一にまず……。僕はどう彼女を宥めて良いか分からず、身体の関係もなくなっていた事もあって、僕達は二人は、この際だから何より兎も角、僕達だけの、僕達らしい旅に出掛けてみないかと、妻の霞に提案してみたのであった……。」

　更にだから、結局は……そう言う事だから……。

　場面は幾らか進んで……。

　僕は以下のように解釈もし……。

「つまり結局……。その旅とは恐らく、コロンビア辺りの地域を指すのではないかと僕は考えて、しかもその解答に対して、珍しく彼女は笑って『そうね。』と答えたから……。本当に霞が発病して三年後位の時に、僕は何とか、僕達二人と言うものが、元通りにならないかなと考えたりして、どうせならと、登山の旅をも兼ねて、そこへと、旅立つ決意をする事にしたのであった……。」

3

そんな訳も、実は、あって……。

「彼女のコーヒー好きも、その辺りから始まった……。」

と、言えた……。

だから又……例えば最終的には、こうも言えて……。

「彼女は特に昼の間、いつ寝ているのか、詳しくは知らないが、優先順位的に言えば結局……。飽く迄彼女の健康と言うものは、彼女の睡眠問題を論ずるより先に、どれだけ彼女が病気じゃなく、元気良く暮しているかだろうと思って……。」

「僕は、コーヒーばかり飲む彼女の事を、肘を付きながら、微笑ましく、眺めてあげる事にしたのだった……。」

第四章　湘南の夢

1

ところで、ここで……少しばかり、話は変わるのだが……。

N大教授の島野俊雄も良く使う、東京都の主要私鉄線の一つである小田急線は、ごく一般的な急行電車に乗って行くと、代々木上原、下北沢、経堂、成城学園前、登戸、向ヶ丘遊園、新百合ヶ丘、町田、そして相模大野へと、多摩線以外なら、止まって行く事になるだろう事を言いたかった。

その点については……つまり、こう言う事で……。

島野俊雄は、良く考えたら、自分のゼミの生徒でもあった原田浅海と、男女関係の間柄になろうと決断した日というのは、原田浅海と一緒に、N大より南部にある、相模湾の一画、つまり小田急線でも江ノ島線を使った、片瀬江ノ島辺りに行った、帰り道辺りの時からの出来事であったのだった……。

それで……。

即ち……つまり……。

その記念日みたいな日に当たっては……。

彼はその日の克明なる天候などをも、殊更に、はっきりと覚えていて……。

その日は、正に、人生の節目の日として、記憶に著しい日であったと感じていて……。

つまりは、そう──。

あの日は特に風が強い日で……。

何だか、何を隠し事にしてみても、皆ばれてしまいそうなムードがある上に……。

更には又何だか、心に留めておくと苦しい様な秘密が、実は一つあって、それが胸に込み上げては、それをも無性に、吐き出したくなる欲求に、襲われていたのであった……。

2

それで結局それでの話……。その欲求とは実際何であったかと言うと、つまり……。

結局それは、内容とは逆接的に、彼を敢えて楽園の中へと導く部分を、性の開放的な内面で是認させる事で、特別に喚起させる、導火線的な役割を担っていて……。

即ち彼はそれを期に、彼の恋人となるべき原田浅海に、遂に我慢し切れず、その点について、喋ってしまい……。

最終的には、彼女がこの大学に入る際に受けた、その年の入学試験の一部の問題、つまり『宇治拾遺物語』の問題を、彼が担当した事を、原田浅海に告白する事で、もう元には戻れない状態になってしまったのであった……。

但し、この事実は、その究極の様な思い出の中に、この二人が、それを素直に運命だと感じられる程、双方とも、開かれた心のゆとりを感じさせて……。

結局は、女流小説家になりたいのだが、その題材に苦心しているのだと言う、原田浅海の実情をも含んで、何もかもお互い同感する如く、島野俊雄に、

「浅い海って、素敵な名前だから……本名で、小説書いてみたら……。」

と、言わせたのであった。

3

それに対して、そして又、原田浅海は……。

「ねぇ、先生……。私達の愛は、一体何処から始まるの……？　そこは湘南？」

と、身近な恋人の様に、質問する事となり……。

4

すると、それに対して、島野俊雄は……一呼吸置いて……。

「大人の愛をしたいのなら、その出発点は、池袋が良いなぁ。」

と、言い……。

更に付加して、又……。

「でも、来なくて良いよ……。その日、実際は……。」

と、言ったのだが、初デートして、別れるその日の、その瞬間……原田浅海は……。

「絶対来るよ……。私、その日。」

と、断言して、曇り気のない真顔になり……。

又更に……。

彼女がそう言ったのを、島崎俊雄は運命を感じながら、その姿が、未来の夢の扉を開けて行くような遠い彼方に消え去るのを、

「これも、人生なのかも知れない……。」

と、思って、その現実性を、彼は否定しないように、心のポケットに仕舞って……。

しかし、霧の様に霞んで行くか行かないかの、微妙な接点では、暫し茫然として、その残像を、

追い掛ける様に、既に眺めてはいた……。

第五章　世田谷の休日

1

そんな中で一方、小田急線と井の頭線が交わる下北沢は、若者の多い、賑(にぎ)やかな街だと言えた。

但し、それ故(ゆえ)に、躁鬱病で障害を持つ、島野の妻霞にしてみれば、それはそれは、実際上でも殆(ほとん)ど全ての時間、例えば数時間の間であっても、外出をして時間を費やすのが、主な難題としてのし掛かり、夫の島野俊雄を含めて、二人の夫婦生活に、支障をきたさせていた……。

そんな感じだから、統括的に支え合わせても、結局の所、その事実を唯(ただ)諦(あきら)めて、打つ手立ても無く、放置し続ければ、病気の改善性や将来のビジョンなどが見えて来ないのは、一目瞭然の事で、この儘(まま)にして置く訳には、いかなかった……。

従って、だから、その対処策と、今後の打開策としては、霞にヘルパーさんを付けて、少なくとも二日に一回位は、その同行の元に、近所のスーパーかコンビニまで出掛けて、然(しか)る後(のち)に、食事の支度を、一緒に作り置きする事に、色々な人達と話し合って、実はなっていたのであった……。

2

但し、それについてなのだが、これは慢性化した、障害者としての霞を固定化してしまうのかと言ったら、大体夫の島野俊雄にすれば、実はそうなっては欲しくないと、内心思っていて、矢っ張り、何をどう考えても彼は、妻の霞の事で心が張り裂けそうになる位、実は愛しているのに、変わりはなかった。

3

だから、そう言った癒し空間を、もっとより良い、二人だけの幸せの空間にする為に、彼は霞に、一羽の九官鳥をプレゼントして、それを飼う事を勧め……。

その『ピーコ』という一羽の九官鳥が、

「霞さん、元気か。」

と言う言葉を覚えたので、彼にすれば、自分が仕事をしている時間は、そのピーコに、自分の身代わり的な主人役をやらせて、霞がもっと、出来れば元気良く、快活になってくれる事を、夢の様に思いながら、心から彼女を愛していたのだった……。

第六章　池袋の夜

1

その一方では、又……。

あの湘南の海で交わした、島野俊雄と原田浅海の愛人関係の契約は、二人の提言で決めた様に、『池袋の夜』から、始まる事になった。

2

その点に関して……まずやった事が、実はあって……。

つまり、それは……。

二人で、記念にと、飛び込んだラブホテルの中で……。

兎に角……磨りガラスではある筈なのに、部屋中のカーテンと言うカーテンを、確実に閉めたか確認して……。

そして、クリープを入れない、コーヒーを……お互いの緊張感の中で、まず飲んだ……。

すると、間もなく、その湯気が、何もかもの既成概念を、煙で巻く様に空中で分散し……。

暫くして、ベッドの傍の床の辺りに、ガウンが二つ……。

気が付くと、果実の皮の様に、脱ぎ捨てられた……、そして……。

3

二人とも、薄灯りの中で、とてもどきどきしていたのだが……。

島野俊雄は、

「妻よ、さようなら。」

と、心で、叫んだ……。

更に、原田浅海は、

「バージンよ、さようなら。」

と、心で、確認した……。

4

その後、池袋の喫茶店で、朝を迎えた。

モーニングのパンは、三角形で……。

半熟の卵に、ブレンドコーヒーが、付いていた……。

そして又、そこで読む新聞の一面には、昨日あったらしい、見覚えのない事件が書かれてあって……。

本当に、それが今日の新聞かと疑り……。

何度も何度も……。

その日付けの所ばかりに、眼が行った……。

5

更に、駅のコンビニで、ガムを買った。

そして、それを二つ折りにして、口へと運んだ……。

6

その後に……。

山手線の改札を、手を繋いで、通り抜けた……。

すると、人込みの中に……。

「さようならと言わないで。」

と、声が聞こえた……。

第七章　上野界隈にて

1

それから時間が、大分過ぎた頃の事であった……。

島野俊雄は、もう気心も殆ど知れる様になった、恋人の原田浅海を連れて、もう直ぐお正月だと言う事もあって、一体何処へ行き、その年の締め括りをしようか、考えていた……。

それで……。

そんな時、そんな時……。

矢っ張り、東京の人なら、上野のアメ横丁を連想される人も多いと思うのだが……。

結局は、矢っ張り……。

と、言っては、何なんだが、最終的には、昨年も確かそう考えて、そうした様に……。

結局今年も最後には、『上野』に行って、ピッタリと大晦日ではなかったが、年越し蕎麦を食べて、手土産に、ナイロン袋に数の子を入れて貰い、年末気分を味わって来る事にしたのであった……。

但し、但しの話……。

2

その一方では又、自宅の下北沢のマンションでは、九官鳥のピーコと、只管暮す、もの寂し気な霞の姿が、実は痛い程、島野俊雄の胸を締め付けてもいた……。

つまりは、結局裏を返せば、霞がもしも精神病ではなかったなら、多分こんな、不倫まがいの、否、完全なる不倫をしている自分は、その大切な霞という宝物を失う事になっても仕方ないと、そんな道理は、勿論理論上では分かっている島野俊雄であったが……。

3

しかし、そんな彼は逆に、心の何処かで、開き直った気持ちがとても強くて……。

愛すると言うことは、敢えて、こう言う、別の人をも愛してみる事なんだと、自分に言い訊かせて、自分自身を宥め、そんな不安定な気持ちを原田浅海にも悟れぬよう、平静を装っているのであった……。

4

それで……結果論の事であるが……。

結局彼は、その年の年越し蕎麦にも、

「僕は、永遠に、二人の女性を、強く、末長く、心から愛するのだ。」

と、願を掛けて、食して来たのだが、彼はその通り、実はその人も彼の教え子で、しかもこの一年間の間、自分の心が苦しくなったら、唯一相談をしに出掛けて行っていた、『キャロット』と名乗る、西日暮里の占い師の所に、恋人の原田浅海を連れて行き、今後の二人に関して、占って貰う事にしたのであった……。

5

それで……その結果が実は、難解なものになって、つまり……。

「あなたにとって、太陽って、どちらですか？」

と、言う、イソップ物語の、『北風と太陽』をモチーフした話となったのであった……。

それでなのだが、結局は彼の迷いを当てるかの様に、そのどちらかだけが、あなたの真のマントを脱がすのですかと言われてみると、それは、肉体では原田浅海かも知れないが、心では妻の霞でもあるように思い……。

6

そして又……。

その時居た場所が、特に難しい場所で……。

つまり、西日暮里からは、千代田線を使えば、小田急線の代々木上原へと繋(つな)がり、そこからは、急行ならば一駅で、下北沢に着く訳だから……。

彼は、何となくだが、センチメンタルに、とても霞の事が可哀想で、非常に恋しく思って、仕方がないのであった……。

7

けれども……。

けれども、しかし……。

しかしながら……。

今、現実に、時間的にも、空間的にも愛し合っているのは？

それも又、自分の胸の内が苦しくなる程、いとおしい、原田浅海であるから……。

8

島野俊雄は、この矛盾というか、けれども純粋過ぎる程、ナイーブな性格の自分自身を、敢えてこれを正当論者だと支える事によって……。

直ちに、ＪＲの西日暮里の改札へと移動して……。

山手線の、新宿、渋谷方面行きに乗り……。

少々、シドロモドロになりながら、原田浅海に……。

「正月も、なるべく多く、一緒に居ようね。」

と、矢鱈とざわざわとした電車の中で、言っていたのであった……。

第八章　杉並区の街並み

1

その反面で又、島野俊雄と原田浅海が逢瀬を繰り返す。原田浅海のマンションの在る、山の手の地区一帯は、都心や副都心に通うのに、便利な人気区が、入り混じる様に広がっているのであった。

つまりは結局……解説をすると……。

そこ一帯は、電車では京王線、そして道路では、それと並行する甲州街道が、演出的な街並を作り、その顕著な例が、甲州街道と環七通りが交わる、大原交差点だろうと、島野俊雄は思っていた……。

と、言うのも、思い返せば、彼はその、渋谷区と杉並区と世田谷区がX字式に交差する、京王線の代田橋駅付近に昔、実は下宿をしていて……。

彼が五十歳を超え、そこを通る時、その街並みも、随分と変わって行ったものだと、その周辺を、原田浅海との逢瀬の後のタクシーで通って行く時など、振り返れば、熟思われたりしたのだった。

つまりは、そう言う訳で……。

色々と有って……。場面は変わり……。実は更に……。

つまり……その景色の中に在って、回想的思いに浸らせる、杉並区の住宅街の一歩手前となる所に在る、カラオケバー〝セゾン〟を、彼が知ったのも、これはつい最近の事になるのだが、その割りには、そこのマスターである寺本と、仲良くなるのに短時間で済んだのは、寺本が島野俊雄と同学年であったのと併せて、しかも無類の小説好きであったのも、その辺りの景観とあいまって、その理由であると言えば、言えるのであった……。

2

いずれにしても、話は少し横道に逸れかねないが……。

こと最近はよくしがちな、外泊までしない。週の半ばの、原田浅海との逢瀬の後では、彼は矢張り、甲州街道と環七通りの、二つの幹線道路を使い、深夜の二時や三時に、迎えに来て貰ったタクシーで、無心状態になろうと、家に帰る時、霞と浅海と言う、二人の女性に対する、同等な愛情を持つ哲学者を意識して、その辺りを、思い入れ強く、通り抜けていたのであった……。

第九章　向ケ丘遊園の授業

1

そんな、些か(いささか)ナイーブな面を持つ島野俊雄であったが、仕事上では昔、その背景も多少違って。

学生の頃には、まだ営業していた、向ケ丘遊園地。

彼はその末期の頃の助教授時代に、そこで『国語学概論』という授業を、数年間に渡り、受け持った事があったのであった……。

2

その点について……。

それは即ち(すなわち)……。

大体、どう言う授業であったかと言うと……。

つまり、それは、主に日本の三大和歌集などを研究して、日本語の語源や、その流れを摑(つか)もうとするもので……。

例えば良く知られる、「ますらをぶり」と「たをやめぶり」を比較検討する事で、男女別的な文学的センスに、触れる事が出来るだろうと、思われ……。

3

そうした彼であったが、結局は後に、その授業を他の教授に継承した辺りから、趣味的に至っても、次第に、中世辺りの文学に傾倒して行き……。

丁度生徒に、源氏物語を中心に教えていたりした所……。

受け持っていたゼミで、原田浅海と、偶然と言えばいいのか、運命的に、出会ったのであった。

4

彼は、だから、そんな時……。

ふと、思う事があって……。

つまり彼は、心の何処かで……。

或いは結局、自分の恋が、光源氏のそれの様に、「もののあわれ」に感じられても、ただそれが……。

自分の生徒自身の手に依って、正しく現世的、現実的に描かれようとしている事実に、興奮を覚え……。

しかるに又、そうした類(たぐい)は、余り古典の世界に於(お)いては、これと言って、著しい類例が無いようにも感じ……。

いわゆる、古典化した現代絵巻の様な世界に、不思議な、文学的な夢如きものを、この上なく、感じ取っていたのであった……。

第十章　赤坂での契約

1

さて、そんな、新現代的な愛を貫き通そうとしている、島野俊雄と、その恋人の原田浅海であったが……。

2

赤坂に、旨い寿司屋があって……。

この二人にしたら……。

自己中心的に言うと……。

「お願いだから、マスター……僕達の事、黙っておいてくれないか……。」

と言うものだった。

3

但し、そんな時、マスターは……。

その二人をからかって……。

「そりゃ、どうですかねぇー。」

と、言って、多少二人に、冷や汗を掻かせてから、

「分かってますよ。」

と、言って、まず原田浅海に……そして次に島野俊雄に、

「特上のネタですよ、これ……。それを今日は特別に、松竹梅の竹のお値段にしときます……。」

と、矢鱈と、見た目も香りも良い握り寿司を、海の幸の入った味噌汁と共に、柔和な笑みで差し出したのであった。

4

そして、そんなひと時が、偶々他のお客さんが居なかった時間帯であった事もあって、島野俊雄と原田浅海は、黙々とその握り寿司を食べる一方で、殆ど全ての時間に於いて、自分達の貞操の無いような間柄を、自分達自身でも、そんな人の眼の前でどう説明して良いか分からず……。

二人共、正直な話、その視線のやり場にも困ってしまい……。

「美味しいです、本当に……。」

と、原田浅海が、二言三言、言った他は、しつこくならない程度に、自分達の関係を兎に角、内緒にして欲しいと、島野俊雄が眼線で懇願し続けた他は、マスターは、妙なにやけ笑いを繰り返すばかりで……。

最後に……。

「毎度あり。」

と、言うまで……でもこの人だったら、口が堅そうだなと思った事に安堵して、『宝寿司』と書かれた暖簾を潜っても、島野俊雄と原田浅海の二人は、

(多分、大丈夫だよ、きっと……。)

(そうね、大丈夫……。)

と、矢張り眼線で確認した他は、二人共、無口な儘を貫き通していたのであった……。

但し、それから暫くして、その宝寿司が二人の視界から、漸く消え去ったと思った瞬間に、島野俊雄は原田浅海に、そう言えば、言い忘れていた事があってと言うふうに……。

「あの人は、実は、僕の妻の弟さんなんだ……。」

と、言おうとしたが、止めて……。

と、思っていたら、その隣に居た原田浅海は、そう言えば、あの人は……と気付いた様に……。

「あのマスターは、この間、私達が腕を組んで、神保町をデートしていた時に、偶然遇った人でしょう。」

と、島野俊雄に、確認を取る様に、訊ねたのであった。

それに対して、彼は……そう言う事もあったっけと、惚けてみせたが、話を捩って……。

「ところで君は、小説家になりたいんだろう……。だったら、こんな場合、君と僕との仲を、どう小説に書く積もり……。」

と、少々前々から、訊ねてみたかった内容を、原田浅海から盗み聴きする様に、訊き出そうとしたのであった……。

すると、それに対し、原田浅海は……。

「私達の愛人関係は、つまり、色々な人達からどう見ても、本当は愛人関係の契約らしくなく見えたと、書く積もり……。」

と、言って、更に、それに対して、少し納得いかない様子で話を続けて……。

「先生は、どうも、心の中に、何か罪悪感のようなものを持ってたり、自分の立場を気にする所がまだある……。先生……それでは、いい小説が書けません……。」

と言ったので、島野俊雄は、この場合、自分の深層心理とかまでは、関係無いだろうと思って……。

「ちょっと、待って、小説書くのは、君の方だよ……。」

と言うと、原田浅海は、何歳か年上の、大人の女性の様なムードを持って……。

「私達の契約は、一心同体の契約……。そんな悲しいことは言わないで……。」

と、赤坂の夜が、似合う様なイカシタ事を言ったのだった……。

第十一章　六本木の色

1

ところで……。

即ち……はそんな訳で……。

そんな開き直る姿で、且つ新恋愛像を求めたい様な気になっている島野俊雄にとって、彼が愛する街として、まず第一に挙げたくなるのが、恐らく、〝六本木〟ではなかろうかと、彼はまた、思っていた……。

つまりは、彼は結局……。そこに……。

2

学生時代ではあったが……。

兎に角、元気の良かった霞と来て、ミーハー色をした、色々な、乗りのいいディスコソングを聞いていたのを、とても懐かしく、心の色の様に感じていたのであった。

つまりは……。

だから……。

例えばそれは、格好の良い言い方をするならば……。

それは、青春と言う、美しい色を持っていて、こよなく、彼自身の胸の中に、時々蘇って来るもので……忘れ得ぬ、人生の基礎みたいなものを形成しているのかも知れなかった……。

3

だったので、彼はそれを、霞色にして聴いたり、又、浅海色にしても聴いているのかも知れず……。

ギブミーアップ。

イントウーザナイト。

ビーナス。

アップサイドダウン。

トウゲザーフォーエバー。

トーイボーイ。

バットデザイアー。

アイハードアルーマー。

ラブインザファーストディグリー。

ファイアーオブザムーン。

例を挙げれば、語り尽くせぬ、それらの曲は、過去を現代化した様にも、聞こえていたので。

4

但し、彼はそれらの曲を時々、妻の霞に聴かせて、今の精神の病気が治らぬか、試験的にやってみるのだが、彼女には殆ど無関心と言うか、無視をされ……。

5

また、その歌を思い出しながら、時々、街の、人の気配が無い所で、浅海に……。

「キスしたい。」

と、迫ってみるのだが……。

極論、顔を背けられ……。

「するなら、ベッドの中か、せめて、お家の中だけにして……。」

と、言われたので……。

それが、『六本木の色』かと、彼は、電信柱などを眺めながら、愛のつづきを、メロディーの如く、美しい絵の様に見立てて、愛していたのだった……。

第十二章　原宿の心

1

ところで……。
そんな島野俊雄には、実を言うと、ちょっとばかり、変わった過去があって……。
それは、つまり……。

2

つまり、ＪＲの原宿駅にあった、伝言板……。
あれに……。
(君が好きだ。結婚してください。)
と、書いたのだった……。
それで、それに対して、返事の方はと言うと。
その時にはまだ、携帯電話というものが、それ程は普及していなくって……。

留守番電話くらいなら、ポピュラーにあったので……。

3

待ち合わせの約束を、すっぽかした彼に……。

当時、その彼女であった霞は、どう言って来るのかと、待っていたら……。

恐らくは、彼女の方も、何かしら、故意に考えたのであろう……。

暫（しばら）くして……。

だが、意外と……。

「お嫁さんに、してください。」

と、端的に言って来たのであった。

4

但し、その時代に於（お）いては……。

島野俊雄は、ＮＴＴのムーバーと言う携帯電話を、買い求めていて、準備万端にしてはいたが……。

霞は……その返事の記録が、きちんと残る様にと考えたらしく、そちらの方には、連絡をして来なくなって……。

つまりは、留守番電話の〝ピー〟というメッセージ音の後に、そう言う返事を、吹き込んだのであった。

5

そして又、その話は、最終的に……。

二人の結婚式の場で、島野俊雄の口より、参列者の面々に対して、語られる事となり……。

6

それで、彼は学長を始めとする学者関係らの人達に、主に……。

又、それ以外の多数の参列者の人達にも……。

「君は、助教授でいるより、教授になれよ。」

と言われたのであった。

7

それで、彼は、色々な人達の眼に、よく止まるようになり……。
それより五年後に、正式に、教授という地位に、就く事となったのであった。

第十三章　越後湯沢の煙

1

ところで、そんな霞の事に関して……。
彼女の姿がとても美しくて、眩しくさえ感じた時が、島野俊雄にはあって……。
それは……。
昔、北陸新幹線が、長野新幹線として開業した頃の……。
彼女が元気であった、新婚当時の頃の話であった。

2

つまり、あの当時はまだ、結局の所……。

例えば、新潟の直江津や、それより以西の富山や石川に行くに当たっては、新潟県の、新潟市内への向かっていく、上越新幹線を利用しなければならず、しかも、その際には、新潟県の長岡にて、在来線の特急などに乗り換えなければならなくて……。

その辺りの、雪。

特に、スキーの思い出となると……。

島野俊雄にとっては……。

霞とよく行った、上越新幹線の、越後湯沢での思い出となるであろうと、思われた。

3

そして又、そうなのだ……。

確かに、つまり、そうだったのだ……。

そう……。

つまり、あの頃は、妻の霞も元気で、何もかもが、はち切れんばかりに、彼女は若かった訳であった……。

だから……。

つまり、この頃に至っては、彼女の身体の、上品でセクシーな括れは、例えばスキーウェアーを着てさえも、性欲を楚楚らされそうだった思い出が、鮮烈に島野俊雄の脳裏に焼き付いて、離れていかないのであった……。

4

従ってだから……。

だから、そう言う経緯から……。

彼は時々、本当はいけない事だが、抱けなくなった妻の身体の事を、思い出して……。

今恋人の、原田浅海と……。

京王線から連絡している、都営地下鉄新宿線に乗って……。

神保町や、馬喰町辺りに在る、秘密のスポーツ店に行って、良さそうなスキーウエアーを、原田浅海の身体に押し付け……。

つまりは、妻霞への愛慕と鬱憤を、まるで、その恋人のデレッとした身体に、代替的に、押し込んでいるのだった……。

5

が、しかしである……。

唯一つ……。

一つだけ彼は、ミステイクと……。

本当は、もう一つ、サプライズした事があって……。

それは、そのスポーツ店の一つの傍（そば）に、何（なん）と魚屋が在（あ）るのを知っていたが、そこにある『もずく』が、妻の弟さんのお寿司屋さんに、名物ものとして、出されているとは、想像すら、考えもしなかった事で……。

そうと知っていれば逆に、そのスポーツ店へは行っておらず……。

まるで、宝寿司のマスターに、フライデーされた感じで、内心失敗した!!と思っていたのであった……。

6

それとであるが……。

実は、それとは別に……。

仮に、細（ささ）やかな夢と言うものが叶うならば……。

彼、島野俊雄が思うには……。

妻の霞を、もう一度、この手の中で抱（だ）きたい場所として……。

今度は、〝軽井沢〟が、是非とも良いと思ったのであった……。

即ち……つまり、それはどう言う事かと言ったら……。

昔は無かった、北陸新幹線に乗って……。

季節は、冬が良い……。

凍えている霞を、つららの雫の様な微妙な温度差で、立ち上がらせてみたい欲求に駆られ……。

要するに、島野俊雄は元々、そう言う純朴な、子供っぽい性格の有る……そんな男でもあった訳であった……。

第十四章　府中での注意事項

1

そんな二重生活の真っ只中に居る、島野俊雄の元に……。

一本の電話が入った……。

2

そして、それが、夜の十一時頃のものだったので、彼にしたら、良い電話ではない事は、勘でも分かった……。

「もしもし、島野君だね……。」

「はい、そうです。学長。」

「実はだね……。君の細君のお父さんと私は、偶然かも知れないが、以前から大の親友だったと言う事は、君は良く知っているね……。」

「はい、学長。勿論、良く知っております。」

「うーん……。実は、それに関してだが……。」

と、言って、学長の話は、更に続いた……。

3

「君は多分今日も、君の細君以外の女性と、一緒に居る……。違うかね……。」

それに対して、島野俊雄の方も、「はい。そうです。」とは、言わないが……。

今慌てて……パンティー一つしか、肌着を付けてない浅海が、彼女の自宅マンションのベッドで……。

大体のそうした会話の雰囲気で、無意味にブラジャーを付け始めただけでも……。

自分が少なくとも、ペナルティーを受ける確率が高い予想が、島野俊雄にすれば、とても凄く感じられて……。

更には又……何だかそれが、加速度をつける様に……。

血生臭い世間体の洗礼の自覚へと、変貌変化していくのが、文学の範疇を、脆くも、崩壊しかねない危惧を以って、彼は恐れたるものを、痛感しない訳にはいかなかった……。

第十五章　水道橋の眺め

1

そんな日々が続く中……。

快晴の日なら、特に美しく見える……。

その中央線から見て取れる、水道橋辺りからの、神田川の流れは……。

人の心を和(なご)ませると、言えた……。

2

何しろ、それは淀(よど)みが緩やかで、自然的な見方でのみ、叙景的にそれを見ていれば、余念が無くなる如くに、それは落ち着いた川だと、感じられて来る……。

水道橋(すいどうばし)とは、東京都心に在(あ)って、最も現実主義的に……。

物事を正論的に、夢見れる駅だと、島野俊雄は、暫(しば)しそこを通(とお)って、実感して思ったのだった……。

第十六章　東中野のピンポン

1

そんな感傷に、時々浸っている……。

今ではN大の教授を務める島野俊雄が、初めて後の妻となる霞に会ったのは、近くに山手通(やまてどおり)が通(とお)っている、中野区東中野の、ワンルームマンションの、一室に於(お)いてであった……。

2

そして又、思い返すと……確かあの時、そこは……。

一方通行の道沿いに在(あ)って……。道幅が狭く……。

兎に角、トラックを入れるのに、ひと苦労した思い出があるのであった……。

3

つまりは、つまり……結局の所。

元を正して、大体説明して行くと……。

その作業員の一人の男性であった島野俊雄は、当時大学院生で、引っ越しのアルバイト員をしていて……。

まず、「ピンポン」と、と或部屋のインターホンを押した所、何と言う綺麗で可愛い女性なのかと、霞に会って、いきなり思い……。

然るに、心を射ぬかれたのを、彼は今でも、はっきりと覚えていて……。

4

更に……。その一方で……。

その霞も、その日に、島野俊雄に出会った事で、心に衝撃が走り……。

実は彼女は、有名な、高校生ピアニストであったのだが……。

その時は、その初な性格に、「さようなら」しようと……。

大学生になって初めて、男の人と話したのが……。

何と、その引っ越し屋のアルバイトで来ていた、島野俊雄、その人だった訳で……。

彼女はその出会いに関して……。

「さようならと言わないで」に対する、良い方法を、その島野俊雄から、電話番号を聞き出す事ででしか、解決策を思い出せなくて……。

5

その事を又……。

今、杉並区の外れにある、例のバー「セゾン」に来ている島野俊雄は、

「そんなに、奥さんの霞さんは、昔もっと元気で、目立つ程、オーラがあったんだ……。」

と、感心して喋ったマスターに、水割りを一杯、サービスして貰いながら、半分笑われてしまったのであった。

6

但し、それに対して、島野俊雄は実の所……。

ちょっと一部は真実で……。

一部では……些か照れ臭さを搔き消す様に……。

言い訳も込みの内容を付加して……。

「霞はその時、スランプで……。だから、東京の府中市に実家が在るのに、お父さんが、独り暮しろと、そう言ったんだ……。」

と、言い……。

更に……。

「兎に角、霞は真剣に、『友達になって下さい。』と、当時言うから……。僕も真剣に、霞の事が好きになって行って……。」

と、二杯目からは、自腹のウィスキーを……。

何はさて、昔を惜しむように、舌の先で舐めるように味わってから、ゆっくりと、その想い出を大切にする様に、飲み干していた。

7

そして又、それに対して……。

セゾンのマスターは……。

逆に、ちょっと今では、その当時では考えられない程、精神病で悩んでいると言う霞の状態を心配して……。

酷(ひど)くは、その島野夫婦の、核心部分的な夫婦の有り様に触れない様に、配慮しながら……。

「ところで、島野さん、あなたは勤めておられるN大学の学長さんが、もう直ぐ勇退されて、学長選挙が、その後(あと)に有り、島野さんも、それに出られる訳だから……。つまり、原田浅海さんの事は、昔の文学が蘇(よみがえ)るみたいに、選挙の華(はな)としては良いが、現実は現実として、原田浅海さんとの事は、程々にしておいて下さいよ……。」

と、言ったのであった……。

8

それに対して、島野俊雄は、その日……。

「水割りの御馳走(ごちそう)、ありがとうね……。」

と言いながら……。

更に、帰りしな、マスターに……。

「女房は、いつも寝る時に、背中を向けて……。指で枕を叩いていてね……。あれは、ピアノの演奏の真似かと思っていたけど……。ひょっとして泣いているのかなぁー。彼女は大人になると、子宮の病気をやって、子供をもう産めないかも知れないと、医者にも言われてね……。元気もなくなって、指先に力が入らなくなって、折角（せっかく）のピアノまで、止（や）める事になってしまって……。結局はだから……。僕達夫婦が、なんとか続いているのは……。」

「続いているのは？」

「霞は、こう言うんだ……。ロマンチックと言うか、夢遊病者の様に……。」

「と、言うと……。」

「うんとね……。運送屋さんが来る時と、あなたが出掛けた後（あと）だけは……。玄関に背中を向けない様にしているのね、私……。」

9

それに対して、セゾンのマスターは……。

「奥さんは、元々の御両親の家族を除くと……運送屋さんの配達員さん、若（も）しかしたら、それもあなたかと思って、あなたの事しか、考えていない……。全く、健気（けなげ）なんですね……。」

と、病気と言うよりも、性格的に濁り気のない霞の性分（しょうぶん）も見抜いて、

「摘（つ）んじゃ、いけないですよ……。その〝華（はな）〟でなく、〝花〟を……。」

と、霞の、どうしても嫌いになれない理由を、もう知ってるとばかりの言い回しで、そう丁寧に

忠告して来たのであった……。

第十七章　箱根湯本の旅

1

そんな訳で……。

さようならと言えぬ、霞……。

同じく……。

さようならと言えぬ、浅海……。

そんな、空中に浮いている様な自分を感じた時、霞じゃなく、女房は君だ！ごめん！としか、言えぬ原田浅海に、島野俊雄は、

「旅に、出ない……。」

と、或日突然、言われたのだった……。

2

ところで……。

ところで、話は変わるのだが……。
月日は、早いもので……。
原田浅海は、到頭、年月も行って、〝社会人〟となっていた……。
それと、殆ど同時に、又……。
島野俊雄の方にも、立場上、大きな変化があって……。
それは前学長の高齢による勇退に伴い……。
正式な選挙もあって……。
島野俊雄は、愈この程……。
N大学の、学長となったのであった……。

3

但し、但し……。
但し、但しの話……。
彼の、浅海による……。
脳と身体への汚染は、相当に酷くて……。

彼は所謂、妻の霞を見捨てたと、こう周りから解釈される程……。

彼はこの所もう、下北沢では駅を降りずに……。

仕事が終わると、毎日、明大前から笹塚に向かって、矢の様に、原田浅海のマンションの部屋の鍵を開けるか、「ただいま。」と言いに、帰っていた……。

要するに彼は、故意ではないのだが、一種の冒険家の様に大胆になって、本当は大事な筈の自分のマンションの鍵を、無くしてしまっていて……。

どうせならば、この方が良いやと思える程……。

原田浅海とは、どうしても、どうしても、別れられない関係になっていた。

4

が、しかし……。

しかしである……。

島野俊雄は、勇退した前学長に替わって、この間……。

霞の父親で、東京都府中市の分譲マンションに棲む、香川照夫氏に、呼び出しを喰らっていたのであった……。

5

それで、それに因ると、実は香川照夫氏自身も昔、彼の妻、謂わば霞の母でもある、文枝氏が、その昔、統合失調症を患い、その点……。

「島野俊雄君……。君の気持ちも、分からないでもないが……。」

とは、言い……。

但し……。

「霞はこれでも、可愛い私の娘だ……。だから何とか、してやって欲しいんだ！」

と、言われたのであった……。

6

然して……。

そんなになってしまった、状況下ではあったが……。

島野俊雄と原田浅海は、そんな感じの霞の状態を余所に、二人で、箱根湯本のホテルの客室で……。

小さな、乾杯をしていたのであった。

それに依(よ)ると、原田浅海は……。

期間限定と言う事らしいが、就職したと或るメーカーの、まずは受付嬢を、何はさて、遣(や)らされているといると言う事らしかった。

7

だから島野俊雄は、何だか現世の吉田兼好(よしだけんこう)が、恋愛をしているみたいに……。

オーソドックスに言うと……。

今、自分の恋愛や結婚は、未知の領域だから、今は放って置いて欲しいなと、徒(ただ)ならぬ思いで、想像の上の他の人達に、寝言でそう呟(つぶや)いて、ばかりいるのであった。

第十八章　恵比寿のビール

1

そんな島野俊雄は、学長話が、自分に持ち上がってからこの所……。

神田(かんだ)にある本校と、向ケ丘遊園に在る、後(あと)に出来た、馴染みあるキャンパスとの方とを、忙わしく行き来する日程と毎日が、時間から時間……続いていた……だから……。

2

その点については、更なる部分で、解説を付け足して行くと……。

つまりは、小田急線の向ケ丘遊園駅から、神田に在る神田校舎まで……。

そこへは、中央線を使っても、山手線を使っても良くて……。

島野俊雄は、自分まかせに、七割位……山手線を使って往復していたのだが、その内に、東京、有楽町、新橋、浜松町、品川、大崎、五反田と来て、目黒辺りに来ると、ついついこの後(あと)、その目黒と渋谷に挟まれた、ビールの似合う街、恵比寿(えびす)が、特に気になる所として、一度私用で、ふと降り立ってみたくなるのであった……。

だから、結局は……。

今では、もう……。

そんな、家庭的な面が稀薄になりつつあった島野俊雄であったが、彼は現実上では、認識上の妻は、元来恋人である筈の原田浅海と感じる様になっていて、どうやらそれが、彼のプライベート等の日程を動かす、原動力の如きものに、なっている感じになっていた。

3

つまりは、だから……。

だから今日だって……。

どういう訳だか、

(今日は、カレーの日よ。早く帰って来てね。)

と云う、一見素朴なメール……。

それに、所謂愛着を覚えて、本末転倒ながら、原田浅海のマンションに、恰も、手土産を持つ住人の如きに、ウキウキしながら、平然とした態度で、帰っている始末なのであった……。

4

但し、しかしである……。

そんな彼であっても、ふと時々、溜め息をつく時が、有るには有って……。

それはつまり……。

「君は、霞が好きではないのかね。」

と言う、雷ならまだ、却って良い……。

即ちそれが、成っているトマトを引っこ抜けぬ様な、心にチクチクとダメージを与える言葉となって……。

例えば、霞のお父さんの様に、妻である霞に接してやれぬ、この忸怩たる失意は、どう消化したら良いか分からずに……。

時々、駅の公衆トイレに入っては、その、見たくない自分の顔を、敢えて鏡で見詰める事によって、決して又、忘れたくない霞への愛をも、心にて鎖をする様に考え直して、自分自身の人間性は、辛うじて、水平以上は有るのかと、確かめてはいたのであった……。

5

但し、しかし、けれども……。
一応は、それについては、矢張り彼は、大人なのであって……。
そんな時は、今ではもう、山手線の恵比寿で、時々降りる様になっていて……。
独り言で……。
「五月だ……。本当にビールが旨(うま)いのは……。夏よりも、五月が最高……。」
と、言って、梅雨(つゆ)に入る前の、今の季節……。
そんな毎日が、頻繁(ひんぱん)に、この所あるのであった。

6

しかし……。
しかし、ただ……。
しかし……。
本当は、彼は、苦しんで、苦しんで……。
苦しんで、寂しいのだった……。

7

だったので、島根俊雄は……。

そう言えば、来月からは、就職先の会社で、SE、即ち、システムエンジニアの見習いとして、デビューするのだと言う原田浅海に……。

(よーうし。ビールを教えてやろう……。ビールを、本格的に……。)

と……。

ふと、そんな事を思いながら、駅前の、暖簾が風に靡く、立ち呑みのビール屋で、大きなジョッキーに入ったビールを勢い良く、口に泡を付けるがら、呑んで……。

「あー、旨い。」

と、天井の方を見上げて、言ったので……。

それを見た、店のマスターが……。

「いい、飲みっぷりですね。」

と、褒め称える様に、言ったのであった……。

第十九章　舞浜のレストラン

1

さて、ここで……。

些か、話が変わる訳であるが……。

2

待ち合わせ場所が、『舞浜』だと訊いて、すっかりそこが、『ディズニーランド』の中だと、島野俊雄は思っていた……。

と、言うのも、彼宛てに掛かって来た電話によれば、結構大事な話になるのでと言う事らしく……。

「但し、その前に、まずそこで、自分の子供達を、何より先に紹介したいので……。」

とも、霞の弟さんである、『宝寿司』のマスター、香川満男氏は、電話口でも、言っていたのであった……。

3

そうして、待ち合わせの当日――。

島野俊雄は、些（いささ）か緊張した心待ちで、実は指定された、舞浜駅駅前のレストランで待っていると。

霧の弟さんである香川満男氏が現れ……。

彼の子供達は二人であって……。

ちょっと無口ではあったが、男の子、女の子の順に、齢（とし）は、六才と三才の子供であった……。

4

そうして又、更に更に……話（はなし）は続いて……結局の所。

今日話（はなし）したいと言う、「重要な事」の中味については……。

どうも、香川満男氏の子供を、島野俊雄に会わせる事で、島野自身がちょっと疎（おろそ）かにしていた、家庭的な幸せを教えようとする狙（ねら）いがそこにはあって……。

姉の霞と、その夫である島野俊雄との、ギクシャクとした関係の仲裁に、柔らかく入ろうと、香川満男氏は、どうも考えているらしかった。

それで……。

それでの話……。

その話は、正味大体一時間程で、終わった……。

5

その点について……。

少々、N大の学長を務める島野俊雄に対して……。

何かの前置きとしてであろう……。

香川満男氏は、子育てに関するオーソドックスな質問として。

子育ては、「のびのび教育」が良いのか、「ゆとり教育」が良いのか訊いて来た時間があって。

島野俊雄は、彼なりの、本当の夢を、一度、ここで発表しようと思い……。

6

「僕は、子供の頃は、競争社会が多少あっても仕方が無いが、大人になったら、全ての人達が、なるべく数多く、それぞれの得意分野に散って、喧嘩の無い、共存共栄の理想社会にならないか、それを楽しみにしているんだ。」

と、言ったのだった……。

7

すると、香川満男は、少し笑みを浮かべて……。

「なる程。」

と、言ったが……。

但し、彼の眼は、その数秒後に、キラリと光って……。

「しかし、あなたは……。」

と、言ったので、島野俊雄は……。

「済まない。けれども、僕は、今、日本の文学そのものが衰退の危機にあり、それを打開したくて、実は……。」

と言いかけると、香川満男氏は、姉の霞の本当の病状について、話しだし……。

「姉さんは、あなたも知ってるかも知れないが、産婦人科医から、本当は子供が産めれるようになっていると、言われているのだが、あなたを愛し過ぎていて……。健気でしょう……姉貴の奴……。

つまり、姉貴は、子供より、あなたとの幸せを崩したくなくって、あなたを子供の様に、自由にさせている……。だから躁鬱病である事も、半分は事実だが、半分は演技で……。あなたを大空に羽撃かせているんですよ……。」

と、言ったのだった……。

8

それに対し、島野俊雄は正直に……。

「知らなかった。そうだったのか……。」

と、謙虚な口振りで、答えた……。

第二十章　成東の家

1

さて……。
妻の霞の弟さんである香川満男氏の告白によって……。
思わぬ霞の、幼気(いたいけ)なる愛を知った島野俊雄であったが……。

2

彼は、そんな事もあって……。
何だか、何もかも変えたくなり……。
結局、今棲んでいる下北沢のマンションを売りに出して、何処(どこ)かの通勤圏の場所に、マイホーム、
つまり、一戸建ての家を買い求め、愛する霞にそれをプレゼントしたいと、思う様になっていた……。

3

それでなのだが……結局の所……。

彼はあらゆる情報網や、現地視察を通して、その物件の絞り込みを行った結果……。

元来は、その辺りには、全く土地勘如きものはなかったが、却ってそれが新鮮で、特に霞の健康に最適なのではなかろうかと思って……。

彼は、千葉県の九十九里浜近くに在る、成東町と言う所に、価格も間取りもまずまずな、新築の建て売りを見付け、そこをキャッシュで買って来たのであった……。

4

そんな時であった……。

これは、飽く迄、偶然に依るものだが……。

島野俊雄は、この所、無くして、もうどうでも良いと考えていた、自分のマンションの鍵を……。

実は、それは、彼の学長室の、矢鱈と合い鍵だけが掛けられてあるプレートの下の部分に、自分で、そう言えば掛けていた記憶と言うものを思い出して……。

彼にしたら、タイミング良く、

（これで、霞も、機嫌を損なう事なく、と言うか、霞は信じられない位寛容で、ちょっと長らく家に帰っていなかった事ぐらいでは、腹を立てたりしないだろう……。）

とも、思って……。

兎にも角にも、甘い考えで、島野俊雄は、のうのうと?、下北沢の自宅マンションに、帰ったのであった……。

5

すると……。

どう言う訳だか……。

家の中は、目立って、ガラーンとしていて……。

いつも帰ったら、必ず何か言う、九官鳥のピーコの姿も無く……。

台所の食卓の上に、置き手紙がしてあるのを、島野俊雄は発見したのであった……。

6

それで……。

それに依れば、即ち……。

その理由こそ記されていないが……。

妻の霞は、「暫（しばら）く、実家に帰ります。」と言う事らしかった……。

第二十一章　佐倉の車

1

あの霞が……兎に角も、自分の傍から居なくなるなんて……。

それは例えば、彼女は、その御両親に何か言われたとか……。

斯く斯く然然、色々有ったにせよ……。

全く以って、ショッキングな事であって……。

島野俊雄にすれば、心の芯みたいなものを外された様で……。

「悪い事をしたなー、霞。君がいざ居なくなってみると、僕は生きて行けない気すらして来た。どうにかして、もう一度、僕の元に、帰って来ておくれよ。」

と、電磁波で、彼女の髪の毛の触覚に、テレパーシーで通じて来れよと言わんばかりに、彼は今、地獄の鍋の中に居るような気になっていたのであった。

2

それだから……と、言う訳ではないが、結局の所……。

そんな中で、彼は遂にこれはもう、本当は原田浅海を失っても良いからと、そんな事まで考えて……。

最後には、そう思い、本当はそうも出来ない筈なのに……。

「そうします。」と、最後はそう言おうと、覚悟を決めて……。

何にしても、霞の実家である、香川照夫氏のマンションに……。

「何としても、連れて帰る……。」

と、心を強く持ち……、刑事の様にして、乗り込んで行ったのであった……。

3

それで……。

結局は、その結末なのだが……。

その府中の実家のマンションのチャイムを鳴らすと……。

矢張りと言おうか、父親の香川照夫氏が出て来て……。

無造作に……。

「霞の帰る所は、どうやら、君の所しかないようだ。」

と、言われたので、島野俊雄にすれば、喜怒哀楽の感情が、全て「喜」になるような思いになって……。

「お父さん。済いませんでした。必ず今度こそ、霞さんを、最高に幸せに致します。」

と言ったのであった。

4

但しだが、その点に際しては……これは結局、無条件にそうすると言うものではなく。

つまり、〝だが〟と、一応は、言っておいた方が良いと思える程……。

実を言うと、霞が帰るに当たっては、変な条件と言おうか……。

或いは又、島野俊雄自身に対して、霞の素直な気持ちと、条件が付加されていて……。

5

「これは、私の父としての、お願いなんだが……。」

と、香川照夫氏が、心情を込めて、言うには……。

「霞が言うには、君には、本当は愛人が居て……君の性格では、どうせ別れるに別れないと考えていて、別に霞は、君と遣り直す場合、その愛人との二重生活になっても、構わない。」

と、言う事らしかった。

6

それに対して……。

島野俊雄は、本当は、原田浅海の事も好きだから、何も言えなくなって……。

すると、霞の父親の香川照夫氏は……。

「その替わり、あの下北沢のマンションでは、どうも霞の精神の病気が、完治しない気がするので、どうだろう……何処か別の地に、引っ越してはくれないかね。」

と、言われたのであった。

7

それに対して、島野俊雄は……。

(これは偶然……。自分も霞の為に、成東の家を買ってプレゼントしようとしていた所であるし……。)

とは、思ったが、何故だかその時、原田浅海の存在の事をも強く思い出し、……。

「さようなら。」と、仮に言われる事を考えると、ついつい頭を抱（かか）えて、

「それだけは、止（や）めてくれ――。」

と叫ぶ……。

そんな他人にしたら、呆れ果てて（傍点）しまわれそうな性格を思い出してしまって……。

8

「佐倉なんか、どうでしょう……。あそこは、長嶋茂雄さんの出身地でもありますし……。新興住宅地の中でも、環境が良くて有名です……。」

と、言ったのであった……。

9

それで……。

結局の所……それ以後もそうし、またそう考えるしかなかった様に……。

折角佐倉の家以前に購入してしまっていた、成東の家に関しては、それを、より良（よ）い小説を書く為の環境として、原田浅海にプレゼントする事を、島野俊雄は考え、そうする事に決めたのであっ

た……。

10

又、島野俊雄は、その点に関しては、更に。

優柔不断だとは、良く言ったもので……。

自分の場合、完全にどちらの女性も好きで、そんな反面、片方が居なくなると思うと、その分だけその女が、ちょっと好きになっても、本当は、矢張り、どちらとも好きで……。

極論、どちらにも、何処にも行って欲しくなくて!!

繰り返しになるが……。

「さようならだけは、止めてくれ。」と、言うものだった。

11

そして又、彼は、特に文学者でもある故に、これが男の一番イケナイ所で、けれども女性に好かれる、最もイイトコの様にも思い……。

佐倉のマイホームの車庫に入れた、もう中古車しか買えなくなった車が、まるで常に動かしていなくては、エンジンが止まるのではないかと、心配になる様な、全く一旦、女性を愛すると、ついついこうなってしまう……。

多分、これは、若しかしたら、自分だけであろうと、恐縮して……島野俊雄は思いながら……。

色々と研究した、昔の文学……それは古典なのだが……。

あれらの多くは、皆よく出来ていて……。

恐らく、男性の主人公は、若しかしたら、皆自分みたいな気持ちでいたのではなかろうかと……。

所謂、実体験を味わってそう思っていたのだった……。

第二十二章　横浜たそがれ

1

そう言う訳で、色々な事が有り……今は……。

結局佐倉に一軒屋を買った為に……まだ引っ越していない、下北沢のマンションは、荷物が粗方佐倉に行っているので、まるで、がらんどうの様になっていた。

そして又、更には、その下北沢のマンションでは、遂に……。

父親である香川照夫氏に連れられて来た、妻の霞が現れる事となり……。

「あなた、ごめんなさい……。」

と、小さな声で、箒と塵取りで床を清掃していた、島野俊雄に向かい、呟いたのだった。

2

そうして、その点については、つまり……。

正直に、一言、兎に角……全身全霊を尽くして……。

「霞。僕こそゴメン。」

と言った、島野俊雄であったが……。

彼は何はさて……。

そうやって……よく見ると血色も良(よ)く、意外と二人の再会に対し、ニコニコしている霞の状態を見て……。

これは大方(おおかた)彼女は、躁鬱病も回復したなとか、又彼が家に、全く帰っていなかった事に対し、そうは怒(おこ)っていない様子を見て、内心……。

「あー、良かった。」

と、大きく息を吸う様に、囁(ささや)いていたのであった……。

3

つまりは、結局……。

そう言う、波風立たない再会の後(のち)……。

霞の方も喋(しゃべ)ると余計、元気になった感じがする様に……。

「お父さん……。私の方は、大丈夫だから……。お母さんとのお家(うち)に帰ってあげて……。」

と、言ったりしたので、島野俊雄も、本当に霞の寛容な性格に、殊更(ことさら)感謝して……。

「霞、僕……。」

と、反省の言葉を、もう一度言い掛けた所……。

その霞は……。

「いいのよ、あなた。」

とまで言ったので、思わず隣に居た、父の香川照夫氏も、思わず、喜びまで表現する様に……。

「お前達、矢っ張り夫婦なんだから……ちゃんと、話せば分かるじゃないか……。」

と……。

要するに、何も心配する所はないと言う様に……。

或(ある)いは、今後の二人を、野放(のばな)しして、何処までも信じようと言う態度で……。

府中の家まで、帰宅して行ったのであった。

4

そう言う訳も有り……。

島野俊雄は、妻の霞と、些(いささ)か老齢夫婦の様であったが……。

一応言うなれば、お互いを思い遣る気持ちを、常に強く持ちながら……。

霞は今では、ヘルパーさんもいらなくなって……。

夫の島野俊雄と主に話し合った結果……。

佐倉の家の直ぐ傍にあった、B型事業所の就労事業所に、更なる精神的なリハビリを含めて、通う事となり……。

二人にとって、余り良い思い出を、結果として作れなかった下北沢のマンションは、結局売りに出したのであった。

5

そうして又、実を言うと、その一方では……。

成東の家の方はと言うと……。

名儀も何も、原田浅海へと譲渡し、その彼女はつまり、そこで小説を書きながら、彼女が大学の卒業時からずっと通っている会社に、通勤しているのであった……。

6

即ち……。

そう言う事で、結局……。

島野俊雄にすれば、今度は、二つのマンションに渡って続いた、二人の女性との暮しは、二つの一軒屋での、通い棲まいとなり……。

もうその姿は、二人の女性に、見え見えの時間と空間を有するものとなって……。

7

但し、この点については……。

島野俊雄にすれば、妻の霞の気持ちについては、一種の理解は取れたものの……。

逆に、恋人の原田浅海の気持ちが、少々分からなくなった気にもなり……。

そんな時は、気分を変え……。

西日暮里の、キャロットの所に行って、占ったりして貰ったが……。

8

しかし……。

そんな日々が続く中にあって……。
二週間だけ、全く恋人の原田浅海の所に行って居なかった時に、島野俊雄宛てに……。
スマホが掛かって来て……。
原田浅海が、一身上の都合により、勤め先を辞めていた事を、告げられ……。

9

と、同時に彼女は、何処かに消えた……。
そして、その最後の電話口の奥では……。
何処かの酒場で、飲んでいるのか……。
『横浜たそがれ』のCDであろう……。
よく知っているナと思う曲が、その後又何曲か流れていて……。

10

寂しそうな、原田浅海の心を、謡っている様であった。

第二十三章　京都、そして、金沢

1

原田浅海が消えた……。

多分それは、実家への一時帰省だとしか考えられなかったが、島野俊雄にすれば、妻の霞と遣り直す際に、京都でも旅しに行こうと考えてもいた矢先でもあったので、そちらは後回しになり、その分、何かと、のんびり出来なくなったな、と思った……。

2

そんな折りしも折り、島野俊雄は、

「さぁー、困った……。」

と、言いながら、原田浅海の実家が、具体的な番地までは分からないが、石川県の金沢市である他に、彼女と再会する情報が無い事を、自分自身で確認すると、兎に角それ以上の事を、慌てて考えても仕方ないから、先ずはセゾンのマスターの所に行って、愚痴を訊いて貰う事にしたのであった……。

3

すると、セゾンのマスターは、それらの一部始終の事を聞き終えると、第一声に……。

「困った事になりましたね……。」

と、言ったのだった……。

それで……何かその点について、第六感が働いた事が有ったのかと思って、島野俊雄はそのマスターに、

「なんか、そう言う、妙な霊感みたいな雰囲気でも、感じていたんですか?」

と訊ねると……

「実は、島野さん。これは、この次に島野さんが来られたら、私の方から言おうとしていた事が有りましてね……。」

と、言う事であった……。

4

それで、それによると、無類の小説好きでもある、マスターの寺本は……。

或一冊の文芸誌を、島野俊雄の眼の前に翳すと……。

「これ、知っていますか？」

と、言うので、「知っている。」と、島野俊雄も答えたのであるが……。

5

それから、即ち、その瞬間から……。

澱みの無い流れの様に……。

大体三十分間ぐらいの時間が、知らない内に経過していた……。

それで……。

結局は、その間に……。

セゾンのマスターは、この程、その文芸誌の今回の新人賞は、本名で投稿した原田浅海が、見事に受賞の栄冠を射止めて……。

その事を、水割りを一緒に飲みながら、その内容を多少混じえ、ゆっくりと説明してくれた訳でもあって……。

6

そういう訳だから……。

兎も角も……。

結局それは、それで、とても奇跡的で、非常にお目出たい話だとは思ったが……。

セゾンのマスターにしてみれば……。

「ただね……。」と言う事らしく……。

話を続けなければならないので、

「水割りを、薄くしておきましたよ……。」

と、言って……。

些か、重々しい口振りで……。

女性心理と言うものに触れ……。

「島野さん。これは、飽く迄、私の勘なんですが……。原田浅海さんのその小説は、最後は、あなたから卒業して行く事になっていましてね……。」

と、言ったのであった。

7

それに対して、島野俊雄は、その小説の意外なラストシーンに、暫し唖然として、体裁を乱そうとしてしまったが……。

でも、原田浅海と色々と有った、愛の軌跡みたいなものを辿りながら、唾を飲んで気を取り直して……。

けれども、セゾンのマスターは、その島野俊雄に……。

「その小説の、最後の一文は、結局、主人公の女性が、お見合い結婚するとなっていましたよ……。」

と、言ったのだった。

8

それでと、言う訳ではないが……。

その後……。

慌てた島野俊雄は、「今度又、ゆっくり飲みに来るから……。」と言って、セゾンを出ると、兎に角無心で、成東の家に向かう一方、何度も何度も、原田浅海のスマホに、連絡を取り続けたのであった……。

だが、しかし……。

頑として、原田浅海は、スマホの電話に出ようとせず、メールすらも、返事を寄こして来なかった……。

但し……。

何とかであるが……成東の家に着いた時に……。

そこには、置き手紙が有って……。

実家の金沢には帰らずに……。

（もっと良い作品が書きたいので、富山の宇奈月温泉に行き、あなたとの終止符の理由や、その具体性を書く小説を、新たに書きます。）

と、それには、書き記されていたのであった……。

9

それで、その為に、島野俊雄は……。

そのホテルの電話番号と、住所が書かれてあるメモを、ポケットに入れて……。

大急ぎで、北陸新幹線に乗り……。

その足で、富山へと向かって行ったのであった……。

第二十四章　宇奈月温泉

1

その月日が即ち、仮りに五月でなかったら、島野俊雄はまっしぐらに、東京から富山の宇奈月温泉へと、新幹線などに乗り、原田浅海に会いに、向かっていただろうと思われた……。

2

けれども、今は五月であったので、彼は富山に着くと、北陸新幹線の黒部宇奈月温泉駅では下車しようとせずに、県庁の在る富山市の富山駅にて、まず降りて、そこからは、在来線のあいの風鉄道に乗り、※1新魚津駅まで出て、然るにタクシーに乗り、見られたら、幸運と思いながらも……。富山湾の、ここの辺りでよく見られる〝蜃気楼〟を見に行く事にしたのであった……。

※1　あいの風鉄道――魚津駅
富山地方鉄道――新魚津駅（同じ構内にある）

3

と、言うのも、つまりと言うか、つまりは、つまり……。

島野俊雄は、今の心境の儘でいる原田浅海に、それこそ、いざ会っても……。

若しかすると、彼女は本当に、別れを考えているかも知れないし……。

そうなると、只管彼女を強引に引き留めようとしても、そう容易く、思惑通りには出来ないだろうと、色々と考えたりして……。

若しかして、彼女と再会出来るなら、風光明媚なその魚津の蜃気楼の見える場所に今居るとアピールをして、偶然や成り行きに任せて、作戦的にメールなど飛ばせばと、考えていたのであった……。

4

だがしかし……。

まず以って、その日は残念ながら、曇り掛かっていた事もあって、蜃気楼自体見る事が出来ず……。

そう言う訳で、結局の所……。

「残念でしたねぇー。お客さん……。」

と、タクシーの運転手の男性が言う様に、そんなロマンチックな再会は、どうやら断念せざるを得ないと思うより、仕方が無い様であった……。

5

そんな訳も有り、島野俊雄を乗せたタクシーは、富山湾の魚津漁港沖から、とても残念そうな姿で、県道や市道を渡る如く、魚津市の中心に在る、新魚津駅へと、帰って行こうとしていて……。

すると又、そんな落胆気味だが、原田浅海にも久々会えていない、そわそわした気持ちでいる島野俊雄は……。

何だか、これから先に、夏をも呼んで来ようとしている海風に、まるで散々煽られている車中で、そう言えば、気が付くと、もの寂し気にしていた近頃の原田浅海の寝姿が、繰り返される様に度々頭の中に浮かんで来て……。

はっきりと言って、心の中から、彼女の思い出が溢れ出ていかぬ様にと、とても苦しくて、切なくなって来るのであった……。

6

但し、そんな時であった……。

空が一面、急に晴れ渡って来て……。

雲と言う雲が、夏の高気圧に払い除けられる様に無くなって行き……。

これはよもや、蜃気楼が現れる天気になったのでは?と思われる状態になって……。

島野俊雄は我が儘を言って、タクシーの運転手さんに、今一度魚津漁港沖に戻って貰うように言って……。

結局そのタクシーは、Uターンして、また県道市道を、そこまで戻って行ったのであった……。

7

そして、島野俊雄は、微風に治まった天候の元、そのタクシーを降りようとすると……。

「あれは、中国かどこかのコンビナートの景色ですかねぇー。」

と、タクシー運転手の男性に訊ねる程の、見事な蜃気楼が、確かに先程まで水平線であった筈の海の向こうに、不思議な景色として現れていたのであった……。

8

そうして、数分後の事……。

「蜃気楼、見れて、良かったですねぇー。」
と言う、とても優しい、そのタクシー運転手の男性と別れた後に……。
〃今、魚津漁港沖で蜃気楼を見ている。良かったら来ないか〃。
と、送っていた筈のメールの返事が、やっと来て、
〃一時間程掛かるけれど、兎に角行きます〃。
と、言う事になったのであった……。

9

それからの一時間は、とても長く……。
しかし、数羽の海鳥達が、まるで水面を叩く、小判型の小石の様に波と戯れていて、風が時間を運んで来る如くに、原田浅海のやって来る時刻が、とても待ち遠しかった……。
そして又、そんな時……。
昔、高校の教科書でも勉強した、古今集の和歌で、よく推量形の試験問題にも出た、紀貫之の……、
久方の　光のどけき　春の日に　しづ心なく　花の散るらむ
と言う和歌を思い出し、

若し、自分が、もっと現代的で、発想豊かな和歌の達人であったなら……。

と、思い……。

蜃気楼　花は海辺に　惜しむらく　思い出散らし　散り行くとやら

など、久方の歌と同様、花は季語なのか疑わしいが、昔も春と花と二回使っているし……。

しかし、現代では、オーソドックスに、季語は蜃気楼だとして、『花』は、つまり、色々な花の意味なのではなかろうかと思ったりしながら、時間を潰して……。

彼女の到着を、いずれにしても、待っていたのであった。

10

そんな時だった……。

全くそれが……。

その原田浅海かと思える様な……。

髪をショートカットに切り揃えた……。

とても若く感ぜられる、一人の女性が……。

一台のタクシーから降りて来て……。

一瞬間、島野俊雄は、別人なのではないかと思ったが……。

それは矢張り、原田浅海、その人なのであった……。

11

そうして、暫くの間……。

その男女、つまり、島野俊雄と原田浅海の二人は、ある種の静寂の中に包まれ……。

それから、数十秒後に、少し髪を手櫛でさっと整えながら……。

「奇遇ね……。私も実は、もっと良い小説が書けそうだと思い……蜃気楼が見たくって、魚津に近い宇奈月温泉で、次作を書いていたのね……。」

と、金沢でなく、隣県の富山に来て執筆していた理由も述べながら、先に原田浅海の方が、口を開いたのであった……。

12

そうして又……。

それに対して、島野俊雄の方は、兎に角も、二人での男女関係の仲を継続したくって……。

「ねぇー、浅海……。僕達……。」

と、何だか言葉にならないような、返事を原田浅海に返し……。

それに対して、その原田浅海は……。

「もう駄目。私には私の人生が有るみたい。」

と、言ったのだった……。

13

それに対して、島野俊雄は、一筋の涙が、まるで糸を引くように頬(ほお)を伝ったが……。

「そうか。そう言う時期が来たか。」

と、それ以上は、何も言わなかった……。

14

そして……。

二人はその後はそこで、意外と長く見えていた蜃気楼を、肩を細みながら、余り喋(しゃべ)らずに、二、三十分程、眺めていたが……。

その後、どちらかともなく……。

「じゃあー、行こうか……。」

と、言うと、数分後偶々在ったバス停から、バスに乗り、ゆらり揺られながら、あいの風鉄道と、地元の私鉄道である、富山地方鉄道との両方が乗れる所の、新魚津駅に、後々に、到着していたのだった……。

15

それで、その後は、原田浅海は、又、宇奈月温泉行きに……。

そして、島野俊雄は東京に帰るべく、今度は富山地方鉄道の富山駅行きに乗る為に……。

お互い、富山地方鉄道のプラットフォームまで一緒に行き……。

数分すると、宇奈月温泉行きの、白い、如何にも日本海の綺麗な海やお米やその他の自然が似合う電車が入線して来たので、島野俊雄は原田浅海に……。

「良い小説書いてな。」

と、言うと……。

原田浅海は、軽く頷く様にして、

「うん、頑張る。」

とだけ言って……。

二人の握っていた手が、到頭離れた……。

16

そんな別れが……。

今、有ろうとして……。

つまり、〝別れ〟が、〝さようならと言う〟そんな時間が、二人に訪れたのであった……。

17

それで……。

それでの話……。

原田浅海は、電車の窓から、沢山の乗客の人達が見ていたが……。

何だか、苦しむ様にして……。

最後迄、電車の中から、島野俊雄の事を眺めていて……。

口の開きで、確か……。

〝さ・よ・う・な・ら〟

と、言ったんだと、島野俊雄は思った……そして……。

18

その後、暫くすると、富山地方鉄道の富山駅行きが入線し、島野俊雄は力が抜けた様な状態になりながら、その電車に、なんとか乗り込んだ……。

それ以後電車は、蛍烏賊で有名な滑川や、そうめんで有名な上市と言う街や、立山からも電車が合流して来る寺田などの街を通り……。

なんとなく、そうした地方の豊かな色彩や温もりに癒されながら、辛うじて彼は、東京に帰れそうな勇気みたいなものを、貰えた様な感じになったのであった……。

第二十五章　東京駅のレインコート

1

ところで、扠……。

富山で、原田浅海と別れた島野俊雄は……。

帰りの北陸新幹線に乗って……。

一人……東京駅へと、舞い戻っていた。

2

その中での出来事として……つまり……。

つまりは扠、彼はその新幹線の中であるが……。

もう意外と、原田浅海の事に関しては、引きずらずに、忘却していて、と言うか、そう努力もし……。

その替わりに、自分と妻の霞が、この十五年間程の間、なかなか旨くいかなかった事実を、微妙な心理で考えていて……。

どうやらそれは、彼女の病気の事……。

特には、子宮の病気に対して、その後、子供を授かろうと思えば出来たのに、何らの方法でその事に気付かず、改善しなかった自分に、その原因が有るように、半ば反省しながら、回顧していた。

そして、そして、そして又……それは或る意味に於いて……は又。

人間と言うものは、その齢の時点では、なかなか分からなかったり、別の考え方をしていても、齢を取ると分かって来る事が、応々にして有るものだと、五十歳を越えた辺りから、彼の心理に、影響を与え始めた部分であるとも言えた。

3

但し、けれども、しかし、その一方では、又……。

昔からの、色々とあった、社会の構造上の、疑問点の多かった時代背景について……。

例えば、それは、学生時代、特に大学院生時代の、バブル経済の崩壊に始まり、価格破壊や、大変な就職難、リストラ問題や、格差社会など……。

沢山の混迷の時代も有った事など、考慮すると……。

仮に若し、自分に子供が居ても、きちんとした理論でその子に、社会的な安心感と、それに裏打ちされた闘争心を持たせる様に、教えようと思っても、駄目だったかも知れぬと考えた場合、余りにも自己否定ばかりする気にも、彼はなれずに、悩み考えてもいた訳であった……。

4

だから島野俊雄は、そうした過去の事より、これからの事を考えようとする努力をしていて……今。

そうこうする内に、新幹線は、東京駅に着いていて……。

何だか、頭の下がる思いが強くて……。

色々と迷惑もかけてしまったが……。

霞との事を、もう一度新しく、遣り直したい気持ちに、意外と新鮮になれて……。

彼女を東京駅に誘い出し……。

まずは昔に戻って、デートだなと、思ったのであった……。

5

それで……。

それで、島野俊雄は結局……。

心の中で、色々有ったが……、

(霞……。ゴメン……。僕が悪かった。)

と、言う思いで、スマートホンのボタンを押すと、霞も、そんな彼の気持ちが伝わった様に……。

以前とは全く違った……。

或いは、大学生時代の霞に戻った様に明るく……。

しっかりとしていて……。

それが、彼がお茶していたカフェテラスの中からも、電話口の応対だけで、直ぐに分かり……。

島野俊雄は、正直な話、ホッとした思いで……。

「オシャレをして来るからネ。」

とまで言った妻の霞の事を、矢っ張り、本当は愛していたのは、妻の霞の事だったのかなと……。

彼は、ぬけぬけとした自分の性格を猛反省しながらも、兎に角、霞が現れるのを待つ事にしたのであった……。

6

それで、それでの話……。

そんな、経緯(いきさつ)が、実は、実は、色々と有って……。

結局は島野俊雄とその妻霞は、その日……。

東京駅から程近い、或るホテルの中にて、数十年振りに……。

男と女として、結ばれる事になったのであった……。

7

そうして、更には、その結果……。

行(い)き成(な)り、今後は、毎日、そうした行為を繰り返すのも、ロマンチックではないから……。

と、言う事になって……。

8

月に一度だけ、この東京駅の某(なにがし)にて、宿泊しながら、妊娠するかなど、遣(や)ってみた所……。

彼女は、洒落(しゃれ)た言い方をするならば……。

〃レインコートを着なかったので〃(妊娠しなかったので……。)

これは、何らかの、別の方法も必要なのではないかと、島野俊雄は、ちょっと考えていたのだった……。

第二十六章　浅草の団子

1

扨（さて）……。

話は、又変わり……。

実を言うと、島野俊雄が原田浅海と別れ、再び妻の霞と身体（からだ）で結ばれる事となった幾らか前の話……。

俗に、スーパーで売っている団子でも、製品表示の有るシールを剝がせば、それを以（も）って、浅草の団子屋で買って来たものであると、夫の島野俊雄は、妻の霞を、騙そうと思えば騙せて、時々……。

「はい、浅草の団子。買って来たよ。」

と、言って、佐倉のマイホームで、妻の霞の様子を見ていた事があったのだった。

2

それは即ち……。

その行為と言うものは、又……。

実を言うと、霞との漫然とした生活を面白い生活にしていこうとする工夫でもあった……。

即ち、彼は、妻の霞が、本当は何故(なにゆえ)、自分との性交渉を拒むのか……。

無論それは、浮気をしていると言えば、彼は相当そうしている訳だから……。

潔癖性の人にしてみれば、それは当然と言われても仕方無いであろう……。

けれども、霞という自分の妻ではあるが、一人の女性に、そこまでイヤイヤをされてみると……。

何だか、霞と言う一人の女性を、どこかで大切に思い過ぎて、却(かえ)ってそれが仇(あだ)となり……。

どこかで自分自身の人生が、納得のいかないものになっている様な気がして……。

彼は、その頃、家の中で、その団子を持って走り回り……。

「兎(と)に角(かく)、あーんしなさい……。これを食べて、元気を出して……。さぁー、どうして、そんなに、僕とエッチするのを拒むのか、教えなさい。」

と、言っていたのであった……。

3

但し、しかしながら……。

その点については、結局の所……。

妻の霞と、東京駅の或るホテルで、肉体的にも再び結ばれてみると……。

その解答らしき問題点が分かって来て……。

霞は、島野俊雄のそうした質問に、漸く腹を割った様な答えを出し……。

「なんとなく、恥ずかしかったから。」

と言ったので、島野俊雄は、それを、妻は躁鬱病でもあるし、そうだったのかと、一応考えて……。

今後の二人の性生活についても、余り彼女を苦労させない様にしようと考えて……。

それは、難しい言い方であるが、彼女をまず、心が開放された、真の女性にしてあげようと、もう少し考えるようになったのであった……。

4

それで……。

そう言う、若しかしたら、自動的に旨くいくようになった、島野俊雄と妻霞の関係は、東京駅での再熱愛の以後、霞という一人の女性は、性に対する〝恥ずかしノイローゼ〟より脱却する訳であるが……。

二人は、それ以後の数ヶ月は、東京駅にて、デートを繰り返し……。

しかしてそれ以後は、一応避妊しながら、週に二度程は性生活を楽しむ様になり……。
こう言うのは、やっぱり、神様のお天気予報みたいなものだと……。
その後はとても仲が良く……。
島野俊雄は、妻の霞と、愛し合う日々が続いた……。

第二十七章　両国の施設

1

そう言う訳で……。

妻の霞との夫婦関係について、何もかもがしっくりとした感じがし出すと、夫の島野俊雄は、その妻である霞を連れて、両国で開かれている大相撲の観戦に、訪れていた……。

2

それは果たして、何故なのか？

3

と、言うと、つまり……。

それには実は、些か意味深な部分が有って……即ち。

この十五日間が終わる来週の月曜日に、同じ両国に在る孤児院に行って……。

養子縁組の打ち合わせに、訪れなくてはならない日程になっていたからであった……。

4

そして、その点については……。

夫の島野俊雄は、妻の霞に対して……。

「その施設はね……。養子縁組をする際に、男の子と女の子を一人ずつ紹介して、そのどちらかを、子供の方の意志を尊重して、選ぶ様なシステムになっているんだ……。」

と、説明した。

すると、妻の霞は、

「変わったシステムだわね……。何だか、出産する時みたいに、子供が男の子か、女の子か、選べなくしてあるみたいだけど……。」

と、確認したのだが、その点については、島野俊雄は調べ済みだったので……。

「養子縁組だから、そこは、何処(どこ)かで、もっと柔軟にもなっているんだ……。」

と、言った……。

それと又、更には……。

その施設に予め下見に行った時、その理事長が言うには……。

「人間、白星と黒星を積み重ねながら、成長して行くので、子供達には、そう教えています。」

と、言ったのだった……。

それで、島野俊雄は……。

この施設は、如何にも、両国にある施設らしい施設だなと、そんな風に、思ったのだった……。

第二十八章　幕張での発表会

1

結局……そんな経緯(いきさつ)が有ったからなのか……。

又、正直に言うと、島野俊雄自身、家庭と言うものを持って、本当に優しい人間になりたいと思ったからなのか……。

考えてもみれば、以前恋人であった原田浅海と別れて以来、島野俊雄は、こと家庭的な面に於(お)いては、随分著しい変化の日々を経(へ)た様に、実感もしていた訳であるが……。

但し、それでいて、その日々が長く感じられずに、かと言って、あっと言う間(ま)に、時間を感じないのは、妻の霞は元より、娘となった養子の、名前は花枝(はなえ)が、とても可愛い彼の心の支えとなって、素朴に存在大きく、感じられて来るからであった……。

2

そして又、更には、言うなれば……。

仕事の面でも、島野俊雄は……。

学者と言うよりは、学長としての職務や、或(ある)いは立場と言うものが、板に付いても来ていて……。

そう言う意味では……。

物事を世間一般的に、全体的に考える事に、慣れて来たと言うか……。

それは、結局の所……。

自分の職業の範疇(はんちゅう)ででしか、どうする事も出来ないが……。

然(さ)りとて、彼自身の個人的なプライベートをも、充実させる事に……。

これで上手(じょうず)になって来たと、自負も込みで、思い始めていたのであった。

3

そんな昨今にあって……。

実の所……。

島野俊雄はこれで、才能の有る女性と出会う機会と言うか……。

そんな宿命みたいなものが有るのか知らないが……。

事もあろうに……。

養子となった花枝も、母となった霞にピアノを習ってから……。

数ヶ月もしない内に、見事な曲を奏でるようになり……。

この程花枝は、幕張で開催される、『選抜小学生ピアノコンクール・グランドチャンピオン大会』に、出場する事となって……。

実を言うと……。

その特訓場所として、成東の家で、家族三人と……。

それから更に、仕事上などで、ピアノに関心が有って、幕張でのコンサートも見に行きたいと言った、例えば知人などが集まり……。

自然的に、流れて来る……九十九里浜（くじゅうくりはま）の風の流れに乗りながら……。

その娘の花枝は、そこで、小学生とはとても思えぬ、見事な音楽を演奏するように、なっていたのであった……。

4

それで、また、だったので結局……。

その舞台となった成東の家に関して、些か具体的に、説明を追加すると……。

その家はもう……。

それを娘の花枝の、将来の花嫁後の、大事な宝物として使おうかと、島野俊雄は思い始めていて……。

つまりは結局の所彼は、この成東の家を、別れてしまった原田浅海への、贈り物と考えていたが、
彼女は、

（この家は、他に文化を愛する人に、開放して下さい。）

と、手紙があって……。

最終的に今、その所有権は、島野俊雄の元に、戻っていたのであった。

5

そんな訳で、色々な事が有ったが……。

何につけ、娘の花枝のピアノの腕は、更に眼に見えて、凄まじい進歩を遂げていたのであった……。

そんな流れによって……。

結局の所、その花枝は……。

母の霞の御株を奪う様な、天才少女となり……。

その大会で、優勝する事になって……。

その副賞として、花枝は……。

アメリカのニューヨークで行なわれる、と或る著名なミュージカルの、ピアノを弾く少女役として、オーディションを受ける権利を、得る事になったのであった……。

それで、島野俊雄は、妻の霞と相談して……。

花枝のオーディションの為に……。

一週間ばかり、学校に休みを申し出て、その旅に、家族三人で、出る事になったのであった……が、しかし……。

6

しかし、それには一つ、厄介な出来事が含まれていて……。

その旅に出る当日の前日……。

実は、小説家〝原田浅海〟が、夜のゴールデンタイムに、注目の新人作家として、テレビで出演するのだと言う事だけを記したメールを、島野俊雄は原田浅海から受け取っており……。

致し方ないので、なんとかして、それを視聴する事を考え、詳細な日程調整に、島野俊雄は入ったのであった……。

第二十九章　成田のホテル

1

そんな訳で……。

島野俊雄が、花枝と霞と家族三人で、渡米前に成田で一泊したのは、他でもなく……。

実は、彼が別れた恋人の原田浅海が、テレビに出演し……。

それを家族三人で見る事によって……。

色々とあった、昔の茶番劇を反省し……。

或る意味に於いて、教訓にする為であったのだった。

2

それで……。

それでなのだが……。

その原田浅海のテレビ出演に関して……。

「ねぇー、あなたの方は、本当にそれで良いの……。花枝もテレビ見る事になるけれど……。」

と、妻の霞は、夫の島野俊雄に念を入れたのだが、彼の方は、

「子供は子供で、自我が芽生えると、これで生物だから、何も言わなくても、大人の世界と言うものが、何となくでも、大体分かるものだし、そう言う大人の世界を意識した感覚を、音楽の中に取り入れてみさせる為にも、一緒に是非、テレビ見ようよ……。」

と、言う事であった……。

3

それで、そんな成り行きから、今、渡米の前の夜に、この三人の家族は……。

成田のと或るホテルで、今ちらほらと人気の出て来た小説家、〝原田浅海〟のインタビューを見ようと、そのスイッチを、入れたのであった……。

第三十章　ニューヨークの雲

1

そんな訳も有り、いざ家族での旅立ちと言うと、ちょっと三人では寂しい気もしたが……。

いずれにしても、島野俊雄と、妻の霞、そして娘の花枝の三人で……。

新鋭の小説家たる、原田浅海のインタビューを、昨夜見た後……。

娘の花枝は、大人の社会の事が、分かったかどうか、怪しかったが……。

兎に角、ニューヨークでの少女役のオーディションに向け……。

一つの大人のステップを踏んだであろう事は、間違いがなかった。

2

それで、そんな経緯から、結局の所……。

その上での話であるが……。

そんな訳なので、娘の成長というものを肌身で感じて、ほのぼのと嬉しかった島野俊雄であったが……。

考えてもみてみると、彼は十数年前に、妻の霞と二人で南米に行って以来、海外には行っていなかったので……。

久々の海外と言う事もあり、飛行機の中では……。

時差はどの位違うのかとか、向こうの天気はどうなのかとか……。

大体、ごく有り触れた事に、神経を使っていると……。

何だか知らない内に、うつらうつらし始めていたのであった。

3

そうして、そんな頃……。

その飛行機から、眠りと眠りの間に眺められる光景としては……。

矢鱈(やたら)と、モクモクとした雲が、空の青さを防ぐ様に目立って湧いていて……。

島野俊雄は、意識下の中で、もうそろそろ飛行機は、合衆国に入り、ニューヨークの傍(そば)まで来たかなとか……。

目分量で、浅い夢などを見ていると……。

突然、鳴ってもいない目覚まし時計に、ふと起こされた様な気になり……。

ある種の、今迄では、どうしても謎で……。

その答えを導き出せなかった問題に対し、漸（ようや）く正解らしい答えを見い出せるような状態になり……。

4

結局の所、それは……。

今、娘の花枝を挟んで左側の一つ隣の席に居る、妻の霞に関して……。

今迄は、そんなに不思議と不自然に思わなかったが……。

何だか、こうやって日本という国を、少々離れてみたりすると……。

それは、不可思議な疑りへと変貌していって……。

そして今、その疑りが、ある一種の、正解めいた答えを暗示するように……。

このジャンボジェット機は、ニューヨークの街に向け……。

愈（いよいよ）、低空飛行を始めたのであった。

5

そうして……。

そう……。

それは、そんな時だった……。

6

突然……。

「あれっ。」と思う様な、強い乱気流に、島野家三人の家族を乗せた飛行機が遭遇し……。

ガタッとだが、機体は少々、その影響を受けた……。

7

すると、島野俊雄は、何だか、全ての謎……。

つまり……。

霞と浅海と言う二人の女性は、何故（なぜ）か特別に、自分の好みの女性であり……。

とても、似ている女性である様な気がして来て……。

8

即ち、それは……。

もっと具体的に考えた場合……。

何故島野俊雄、彼が、そんなに心が砕け散る様な素敵な女性を、特に上手に、同時に愛する事が出来、しかも抱く事まで出来たのか……。

そんな、今迄気付かずにいた疑問が……。

飛行機が、今正しく、ニューヨークの地に着陸しそうになる時……。

彼に、完全と思える様な答えを教え……。

9

つまりは、結局……。

結局の所、

霞と浅海は、母親こそ違うが、父親が、つまり、香川照夫氏である姉妹で……。

と言う事は、宝寿司のマスターである香川満男氏も、実は原田浅海の兄であり……。

10

島野俊雄、彼は、この三人の兄弟によって、上手に操作されていた訳で……。

結局、原田浅海の衝撃のデビュー作は、この兄弟の絆（きずな）によるものに他ならなくて……。

そう言えば、今から思うと、舞浜の駅前レストランで、宝寿司のマスターに会った時……。

紹介された二人の子供は、何となくだが、大人達に、口を堅く閉ざすように命じられている様な、妙な雰囲気を持っていた様に思い……。

11

結局、島野俊雄は、そう言う、内心で赤面でもする様な事実に……。

飛行機がニューヨークに到着しようとする瞬間……。

一つ置いて隣の席に居る、妻の霞の表情を、とてもではないが、正面（まとも）には見れなくて……。

「さぁー、着いたよ。霞……。花枝ちゃん……。降りよう……。」

と、前を只管（ひたすら）向いた儘（まま）、タラップまでと行き……。

12

多分、それは、『論語』だったと思う……。

否（いや）、それとも何かの、西洋の小説であったと思う……。

親の失敗を、その子供達が結束すると……。

つまり、兄弟として、仲良くすると……。

普通の兄弟以上に、すごい結果を残せたと言う作品を、読んだ様な気がして……。

13

更に島野俊雄は昔……自分が教授だと言う事で、夏目漱石の「吾輩は猫である」をヒントに。

オルガンで、同級生の女の子が、「猫踏んじゃった。」と言う曲を、左手と右手と、交錯するように演奏していた事などをヒントに……。

こんな小説みたいな、体験に遭遇し……。

14

そんな時、異国の地にて、漸（ようや）く、その脚を、その地に、着けようとした瞬間……。

島野俊雄は、「吾輩は猫である」と言う作品が、日本の年金問題、「坊ちゃん」と言う作品が、日本の雇用問題であるように考えて……。

兎に角、本当は、日本の今は、何より先に、この二大政策を解決して、誰でも安心して、人生を楽しめる国にしなくてはならないと……。

そんな、いつも国民の一人として考えている、最大の政治問題二つについて……。

『年金』は、その収支が赤字であっても、経済活動を含めた内容に、抜本的に改革するべきであり……。

『雇用対策』に対しては、格差是正を主として、低所得者層に対して特に、政府による各手当や、最低収入の保証制度を充実させるべきであり……。

これらを「改正」する為に、どこかで頑張ろうと、熱意みたいなものが、込み上げてきたのであった……。

島野俊雄は、そう思うが早いか……。

ニューヨークに降りはしたが……。

妻の霞と、娘の花枝に対して……。

「ゴメン。ちょっと自分……。日本で大事な用事を思い出しちゃった。」

と言って、これからは先……。

人の自由と尊厳が保護された上で、人と人とが衝突しない、信頼関係で結ばれた国にしたいと……。

その右脚は、日本へ……。

そして左脚は、志(こころざし)となって……。

大きな空を、駆け抜けて行ったのであった。

作者プロフィール

林田　純（ハヤシ　ダ　ジュン）

北陸生まれ。当作刊行時、大阪府在住。

専修大学文学部国文学科５年次中退。（東京都）
運送関係の仕事が一番長く、建設関係の仕事や、それに附属する営業職も４年程やった。

（著作）
漫画と恋愛小説を融合した作品をライフワークとしており、全国出版としては、2007年の「21世紀の愛（ずっとつづくあい）」がある。

さようならと言わないで

2019年11月1日　第1刷発行

著　者　林　田　　純

発　売　株式会社　星　雲　社
〒112-0005　東京都文京区水道1－3－30
電話 03（3868）3270　FAX 03（3868）6588

印　刷　京 成 社
発　行　〒101-0052　東京都千代田区神田小川町３－26
電話 03（3294）0301　FAX 03（3292）8389

ISBN 978-4-434-26462-7 C0095